VENTE

Du Jeudi 15 Novembre 1900

HOTEL DROUOT, SALLE N° 1

à 2 heures 1/4

OBJETS D'ART

ET DE

RICHE AMEUBLEMENT

ÉPOQUES & STYLES

Renaissance

LOUIS XIV, LOUIS XV & LOUIS XVI

Boiseries

TABLEAUX — SCULPTURES

ÉTOFFES

Tapis d'Orient

Mᵉ F. LAIR DUBREUIL
COMMISSAIRE-PRISEUR
Successᵗ de Mᵉ G. Duchesne
6 — Rue de Hanovre — 6

M. A. BLOCHE
EXPERT
près la Cour d'Appel
28, Rue de Châteaudun, 28

EXPOSITION PUBLIQUE

LE MERCREDI 14 NOVEMBRE 1900

DE 2 HEURES A 6 HEURES

IMPRIMERIE ARTISTIQUE
MÉNARD & CHAUFOUR
X 10, RUE MILTON
PARIS

CATALOGUE

DE

BEAUX MEUBLES

Table-Bureau et Armoire richement ornées de bronzes,
Chaise à porteurs, curieuse Voiture d'enfant, Harpe, Piano vertical,
Trumeau, Bahut, Sièges, Commode,
Consoles, Bonheur du jour, Vitrine, Meubles de salons,

ÉPOQUES et STYLES

Renaissance, Louis XIV, Louis XV, Louis XVI et Iᵉʳ Empire

BRONZES ET MARBRES IMPORTANTS

Terres cuites, Porcelaines, Faïences, Miniatures, Tableaux,
Boiserie, Tentures, Étoffes, Tapis d'Orient.

DONT LA VENTE AURA LIEU

HOTEL DROUOT, SALLE Nº 1

LE JEUDI 15 NOVEMBRE 1900

A DEUX HEURES 1/4

Mᵉ F. LAIR DUBREUIL	M. A. BLOCHE
COMMISSAIRE-PRISEUR	EXPERT
Successeur de Mᵉ G. DUCHESNE	près la Cour d'Appel
6, rue de Hanovre, 6	28, Rue de Châteaudun, 28

Chez lesquels on trouve le présent Catalogue.

EXPOSITION PUBLIQUE

LE MERCREDI 14 NOVEMBRE 1900

DE 2 HEURES A 6 HEURES

D.C5412

CONDITIONS DE LA VENTE

Elle sera faite au comptant.

Les acquéreurs paieront *dix pour cent* en sus des adjudications.

L'exposition permettant au public de se rendre compte de l'état et de la nature des objets, il ne sera admis aucune réclamation une fois l'adjudication prononcée.

Paris. — Imprimerie artistique Ménard et Chaufour 8-10, rue Milton.

DÉSIGNATION SOMMAIRE

MEUBLES

1 — Grand et magnifique bureau ou table de milieu en bois de luxe, forme à contours et cin-
trée, très richement garni de bronzes ciselés et
dorés, offrant tout autour, au milieu de rocailles,
des enfants jouant de la flûte et du tambour ou
faisant sauter à la corde des chiens et des singes ;
les pieds sont ornés de cariatides de marquises,
décoration inspirée des dessins de BERAIN, et
rappelant les meubles célèbres du Palais Royal
de Madrid. Style Louis XV.

2 — Grand et beau meuble formant armoire en
bois de luxe richement orné de bronzes ciselés
et dorés ; il s'ouvre à deux portes, les panneaux
offrent au milieu d'un encadrement de rocailles
et de fleurs, des enfants jouant de la flûte et du
tambour ou faisant sauter un singe et un chien
sur une corde, le haut présente un mascaron à
tête de femme, sur les côtés des cariatides de

marquises dans des gaînes feuillagées et fleuries, dessus en marbre fleur de pêcher. Style Louis XV. Ce meuble a été exécuté dans le même goût que le bureau précédent.

3 — Belle chaise à porteur en bois sculpté et doré époque Louis XV ; les panneaux représentent sur un fond d'or des amours tenant des couronnes et des guirlandes de fleurs.

4 — Petite encoignure époque Louis XV en bois de luxe orné de bronzes ciselés et dorés, avec porte offrant au centre un panneau en marqueterie de bois à fleurs.

5 — Piano vertical en bois d'acajou, le haut orné de colonnes plates surmontées de chapiteaux corinthiens, offre un aigle, au centre, le clavier est supporté par deux figurines de femmes drapées parties dorées, le bas est orné d'un bas-relief ovale en bois doré représentant la Musique et la Poésie. Époque Iᵉʳ Empire.

6 — Traîneau en bois sculpté peint en vert et jaune offrant sur le devant une tête casquée, et recouvert de cuir de Cordoue xviiᵉ siècle.

7 — Très curieuse petite voiture d'enfant à deux roues en bois sculpté peint en rouge et or et décorée tout autour de paysages animés de personnages et de volatiles avec vues de châteaux en perspective, l'intérieur en soie fond vert brochée à fleurs. Époque xviiiᵉ siècle.

8 — Bahut du Ier Empire en acajou orné de bronzes ciselés et dorés, et s'ouvrant à deux portes dans le haut et dans le bas, montants à colonnettes surmontées de chapitaux en bronze doré; les entrées de serrures entourées de guirlandes de fleurs avec deux aigles dans le bas.

9 — Six chaises de la Renaissance en bois sculpté couvertes en velours rouge avec applications de galons dorés et de damas de soie rouge.

10 — Harpe du Ier Empire en bois noir, crosse ornée d'un chapiteau en bois sculpté et doré surmonté d'un lion assis.

11 — Trois fauteuils de l'époque Louis XIV en bois sculpté et doré, recouverts de velours rouge.

12 — Console de l'époque Louis XIV en bois sculpté et doré à coquilles et guirlandes de fleurs, dessus un marbre rose veiné.

13 — Trois fauteuils en bois sculpté parties dorées et recouverts de damas de soie rouge. XVIe siècle.

14 — Deux chaises Louis XIII en bois sculpté recouvertes de cuir.

15 — Trois petits tabourets Louis XIV pieds en bois sculpté et doré recouverts de velours rouge brodé.

16 — Fauteuil Louis XIII en bois sculpté et doré, bras à feuilles d'acanthe, pieds à griffes, et recouvert de damas de soie verte.

17 — Fauteuil Louis XIII en bois sculpté et doré à torsades et recouvert de damas de soie rouge.

18 — Grande et belle console en bois sculpté et doré à figures d'amours, rocailles et enroulements, dessus en marbre brèche d'Orient. Louis XV.

19 — Petite vitrine chiffonnière en bois sculpté et doré. Style Louis XV.

20 — Grande et belle glace en forme d'éventail, cadre à trois compartiments, tout en bois sculpté et doré à fronton, riche dessin à rocailles feuillagées et guirlandes de fleurs. Style Louis XV.

21 — Glace de style Louis XV avec cadre en bois sculpté et doré à palmes et rocailles avec tête de griffon au fronton.

22-23 — Deux fauteuils en marqueterie de bois, forme X. Style Renaissance.

24 — Petite banquette Louis XIII, couverte en point de Hongrie.

25 — Ecran en bois sculpté avec panneaux en tapisserie au point à personnages. Époque Louis XIV.

26 — Petite glace avec cadre en bois sculpté et doré. Style rocaille,

27 — Meuble de salon de style Louis XIV, en bois sculpté et doré couvert en soierie fond crème brochée à fleurs, composé d'un canapé, deux chaises et deux fauteuils.

28 — Salle à manger de style Henri II en noyer sculpté et ciré, composé d'un buffet, d'une table, un dressoir et six chaises recouvertes de cuir repoussé.

29 — Vitrine Louis XV en bois de luxe orné de bronzes ciselés et dorés, avec panneaux peinture genre vernis Martin.

30 — Piano droit de Bischop, de Londres.

31 — Pouf à deux coussins, dessus en broderie orientale.

32 — Quatre marquises en bois sculpté peint en gris clair, dessus en lampas, dessin grisaille sur fond bleu.

33 — Deux chaises dites chauffeuses couvertes en peluche rouge et broderie.

34 — Pouf recouvert de velours bleu et broderie.

35 — Bureau bonheur du jour en acajou, décoré de peintures en vernis Martin, scènes pastorales sur fond d'or.

36 — Grand et beau buffet dressoir en bois sculpté, offrant en haut-relief des cariatides et des ornements dans le goût de la Renaissance.

37 — Deux jolis décors de fenêtres en soierie et satin broché rose et vert réséda, avec draperies, galeries en bois sculpté.

38 — Joli meuble vitrine en bois d'acajou sculpté avec panneaux, frises et colonnettes, décor vernis Martin à sujets champêtres et guirlandes sur fond d'or, garni de bronzes. Style Louis XVI.

39 — Deux jolis petits canapés forme Louis XV, dossiers à caissons en bois de noyer sculpté à rocailles fleuronnées, couverts en soierie vert réséda brochée à bouquets de fleurs et à festons cannetillés.

40 — Deux fauteuils de même style, en bois de noyer sculpté à rocailles fleuronnées, couverts en satin rose pâle broché à bouquets de fleurs et festons.

41 — Deux chaises de même style, couvertes en soierie crème brochée à fleurs.

42 — Guéridon en bronze doré, dessus en porcelaine de Saint-Amant à médaillons, sujets champêtres, fond bleu turquoise à rehauts d'or. Style Louis XVI.

43 — Table à jeu en noyer sculpté style Louis XV.

44 — Commode de l'époque Louis XIV en marqueterie de bois garnie de cuivres ciselés et dorés, dessus en marbre.

45 — Console en bois sculpté et doré de style Louis XVI, dessus en marbre blanc.

46 — Piano en palissandre de WALKER.

OBJETS D'ART

47 — Deux très beaux candélabres formés par des statuettes d'amours en marbre blanc, tenant des cornes d'abondance d'où s'échappent des branches à sept lumières en bronze ciselé et doré à rocailles fleuronnées, socles en bronze doré, et posant sur des colonnes torses en marbre vert.

48 — Très belle statue en bronze, grandeur un peu plus que nature représentant la Guerre debout coiffée d'un casque surmonté d'un dragon ailé, habillée d'une armure et d'une draperie, tenant d'une main un glaive et de l'autre un bouclier.

49 — Bas-relief en faïence polychrome représentant une scène religieuse, d'après Lucas della Robbia.

5o — Beau vase en bronze, patine verte, de style Louis XIV, bordure à feuilles d'acanthe, panse à têtes de femmes, médaillons à bustes de personnages suspendus à des nœuds de rubans, anses à mufles de lions sous des coquilles sur lesquelles des sphinx assis, culot à godrons. Reproduction du vase de Versailles.

5i — Buste de personnage en terre cuite. XVIIe siècle.

52 — Deux bustes en faïence blanche représentant Faust et Marguerite, socles en marbre vert.

53 — Statue en marbre : l'Amour enchaîné.

54 — Deux aiguières en ancienne porcelaine de
Chine gros bleu à rehauts d'or, montures en
bronze ciselé et doré, style Louis XV.

55 — Paire de grands et beaux vases en ancienne
porcelaine de Chine, décor en grisaille et rehauts
d'or à paysages, lambrequins et ornements.

56 — Groupe en bronze : Diane blessée par l'amour,
de MARQUET DE VASSELOT.

57 — Statue en bronze : la Vénus de Milo.

58 — Deux statuettes en bronze : les Enfants stu-
dieux, socles en marbre brèche ornés de mou-
lures.

59 — Paire de beaux candélabres Louis XVI, formés par des statuettes d'enfants portant des
branches à trois lumières.

60 — Statuette en bronze : Vénus Renaissance, socle
en marbre orné de bronze.

61 — Groupe en bronze d'après CLODION : Bacchante
enchaînée par l'Amour.

62 — Paire de bras d'applique Directoire formés
par des cariatides de femmes supportant des
branches à trois lumières.

63 — Paire de vases Empire en bronze, parties
dorées, avec anses à têtes de personnages, socles
en marbre rouge griotte.

64 — Pendule Louis XVI surmontée d'un groupe :
Prière à l'Amour, socle en marbre bleu turquin.

65 — Paire de flambeaux en porcelaine de Saxe
formés par des figurines d'amours.

66 — Jardinière en faïence de Valauris, fond bleu,
décor à mascarons fleurs et fruits.

67 — Grand buste en terre cuite : Washington.

68 — Jardinière Louis XV en étain, décor à rocailles fleuronnées.

69 — Taureau en bronze sur socle en marbre.

70 — Buste de faunesse en marbre blanc.

71 — Buste en marbre blanc : Henri IV.

72 — Buste en marbre blanc : l'Harmonie.

73 — Paire de grands vases de Chine, fond d'or, médaillons à figures, montures en bronze, pieds à
têtes d'éléphants.

74 — Statuette de Baigneuse en terre cuite polychrome.

75 — Lampe colonne en marbre, monture bronze.

76 — Joli service en porcelaine de Saxe, fond blanc, décors à bouquets de fleurs, bordure à filets dorés composé de: 46 assiettes plates, 12 assiettes creuses, 16 assiettes à dessert, 2 bols, 3 moutardiers, 2 salières, 2 légumiers, 3 saucières, 1 soupière, 2 beurriers, 4 raviers, 3 coupes à gâteaux, 4 plats longs, 2 plats à poissons, 5 plats ronds.

77 — Selle et harnais de dame.

78 — Buste de femme en marbre.

79 — Miniature sur ivoire. Jeune femme, d'après GREUZE.

80 — Christ ancien en ivoire sculpté, sur fond de velours, cadre doré.

ÉTOFFES, TAPIS D'ORIENT

81 — Cinq beaux panneaux offrant au centre des armoiries en soie de différentes couleurs et broderies appliquées sur drap bleu, bordure à contours et rosaces en application de drap jaune. Époque XVIIᵉ siècle.

82 — Grand tapis d'Orient décor polychrome.

83-90 — Huit carpettes et petits tapis de Perse, de Daghestan et de Syrie de différentes dimensions.

91-97 — Sept tapis d'Orient anciens à dessins variés.

BOISERIE

98 — Belle décoration de salon du temps de Louis XVI, composée de 3 panneaux, 2 carrés, 1 rectangulaire, en bois finement sculpté offrant des médaillons à encadrements avec frontons, des jetées et des guirlandes de fleurs dorées se détachant en bas-relief sur fond rechampi de blanc et de gris au milieu : des peintures à sujets mythologiques en grisaille.

TABLEAUX

DELACROIX (attribué à EUGÈNE)

99 — *Entrée triomphale d'un conquérant aux Indes.*

Beau tableau.

DELPY

100 — *Les Bords du Grand Morin.*

(Signé).

FABRE (EULALIE)

101 — *Le Bain des Princesses,* copie d'après LANCRET.

Signé et daté 1844.

GALLARD LEPINAY

102 — *Vue de Venise.*

(Signé).

JOUY (Joseph)

103 — *Les Deux sœurs.*

LEYBOL

104 — *Portrait de femme du 1ᵉʳ Empire, en robe rouge, assise dans un paysage.*

MELIN

105 — *Deux têtes de chien.*

(Signé).

ECOLE HOLLANDAISE

106 — *Marines* (deux pendants).

107 — *Objets omis.*